www.tredition.de

Petra-Alexa Prantl

Nachdenkliches

aus Antike und Fernost

www.tredition.de

© 2019 Petra-Alexa Prantl

Verlag und Druck: tredition GmbH, Hamburg
Aquarelle und Coverentwurf: Petra-Alexa Prantl

ISBN
Paperback: 978-3-7482-2755-7
Hardcover: 978-3-7482-2756-4
e-Book: 978-3-7482-2757-1

Petra-Alexa Prantl

Nachdenkliches

aus Antike und Fernost

Petra-Alexa Prantl wurde 1953 in Nürnberg geboren. Sie studierte Pädagogik an der Universität Erlangen-Nürnberg. Nach der Familienphase arbeitete sie als Lehrerin und unterrichtete vorwiegend romanische Sprachen. Neben ihrer Vorliebe für Musik, Philosophie und Sprachen führte ihre Reiselust sie in viele Teile der Erde, unter anderem nach Grönland und Neuseeland.

Gewidmet

unseren Kindern

Michael und Stefan

Vorwort

„Treffpunkte bei Marc Aurel, Cicero und Seneca" hätte der Titel des Büchleins ebenso lauten können, denn immer sind es Cicero, Seneca und Marc Aurel, die komplexe Zusammenhänge kurz und treffend auf den Punkt bringen.

Mengtse sagt „wer breites Wissen sich erworben hat, der strebe danach, sich kurz und verständlich auszudrücken."

Und wie erholsam, dass sich gehaltvolle

Ansichten in der deutschen Sprache auch ohne Anglizismen verstehen lassen.

Schon vor 2000 Jahren ist alles gesagt worden, was wir – nicht mehr brauchen?

Zitate aus uralten Zeiten ?

Genau diese in unseren Lebensalltag nicht nur geistig einzubinden, auch handelnd umzusetzen, das bleibt Anspruch an mich selbst und mein Wunsch an den Leser.

Viel Freude auf Ihrem gedanklichen Spaziergang durch Antike und Fernost !

Petra-Alexa Prantl

Das Glück deines Lebens

hängt von der Beschaffenheit

deiner Gedanken ab.

Cicero

Unsere Verabredung

mit dem Leben findet im

gegenwärtigen Augenblick statt.

Und unser Treffpunkt ist genau da,

wo wir uns gerade befinden.

Buddha

Die Medizin

ist die Schwester der

Philosophie.

Tertullian

Die gleiche Zeit, die es dauert,

über die Vergangenheit zu trauern,

hat man zur Verfügung

die Zukunft zu gestalten.

aus Indien

Zufriedenheit mit seiner Lage

ist der größte und sicherste Reichtum

Cicero

Vieles wirst du geben,

wenn du auch gar nichts gibst

als nur das gute Beispiel.

Seneca

Übe dich auch in den Dingen,

an denen du verzweifelst.

Marc Aurel

Alles, was du im Leben tun kannst,

ist sein, wer du bist.

Seneca

Ein guter Lebensrückblick ist,

den Menschen mit allen

seinen Fähigkeiten

gedient zu haben.

Petra-Alexa Prantl

Unvermeidliches trage mit Gleichmut.

Seneca

Warum konzentrierst du dich

in deinem kurzen Leben nicht

lieber auf die wesentlichen Dinge und

lebst nicht mit dir und der Welt in

Frieden?

Seneca

Heiter machen heilt.

Demokrit

Die Redeweise ist Abbild des Geistes.

Seneca

Wer sich übt

im Staunen-Können

und im Sich-Freuen-Können,

wird im hohen Alter noch frisch sein.

Platon

Die Welt ist Verwandlung,

das Leben ständiger Widerspruch.

Marc Aurel

Tod ist Ziel der Natur, nicht Strafe.

Cicero

Der Geist ist die Stütze des Körpers.

Seneca

Wenn das, was du sagen möchtest,

nicht schöner ist als die Stille,

dann schweige.

aus China

Menschen,

die sich gut verstehen,

können auch gut

miteinander schweigen.

Petra-Alexa Prantl

Allein sein zu müssen ist schwer,

allein sein zu können ist schön.

Tagore

Ganz besonders sollte man jedoch

die Verdrießlichen meiden,

die alles bejammern und denen

jeder Anlass hochwillkommen ist

zum Lamentieren.

Seneca

Niemals in der Welt

hört Hass durch Hass auf.

Hass hört durch Liebe auf.

Buddha

Die beste Art sich zu rächen,

ist die,

nicht Gleiches mit Gleichem

zu vergelten.

Marc Aurel

Der Mensch hat dreierlei Wege

klug zu handeln:

erstens durch Nachdenken,

das ist das Edelste,

zweitens durch Nachahmen,

das ist das Leichteste

und drittens durch Erfahrung,

das ist das Bitterste.

Konfuzius

Weisheit muss man sich erleiden.

Cicero

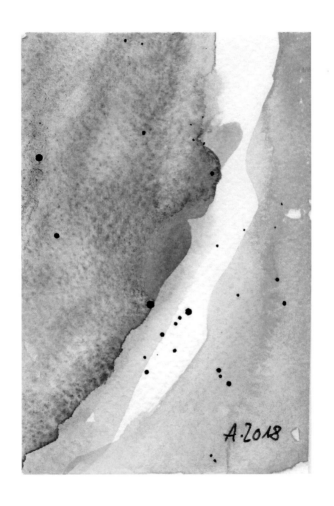

Der Geist, der sich gewöhnt, seine
Freude aus sich selbst zu schöpfen,
ist glücklich.

Demokrit

Unser Leben ist das,
wozu unser Denken es macht.

Marc Aurel

Wie lange ich lebe, hat mit meinem

wahren Wesen nichts zu tun.

Wie lange ich aber leben werde,

um im höheren Sinn zu leben,

das hängt von mir ab.

Seneca

.

Das Schicksal nimmt nichts,

was es vorher nicht gegeben hat.

Seneca

Ein Freund ist ein zweites Ich.

Cicero

Ein Freund ist jemand,

der dein Lächeln sieht

und weiß, dass deine Seele weint.

aus Asien

Das Leben ist reicher geworden

durch die Liebe, die verloren ist.

Seneca

Verweile nicht in der Vergangenheit,

träume nicht von der Zukunft,

konzentriere

dich auf den gegenwärtigen Moment.

Buddha

Das Bewusstsein,

in seiner Selbstprüfung

aufrichtig zu sein,

ist die größte aller Formen des
Glücks.

Mengtse

Die Wahrheit

kommt mit wenigen Worten aus.

Laotse

Der Charakter ist das Schicksal des
Menschen.

Heraklit

Das Wertvollste an einem Menschen

kann ihm weder genommen

noch gegeben werden.

Seneca

Den Charakter

kann man auch aus den

kleinsten Handlungen erkennen.

Seneca

Du kannst die Welt nicht ändern,

aber mit anderen Augen auf sie
schauen.

aus Indien

Tatsachen gibt es nicht,

nur Interpretationen.

Nietzsche

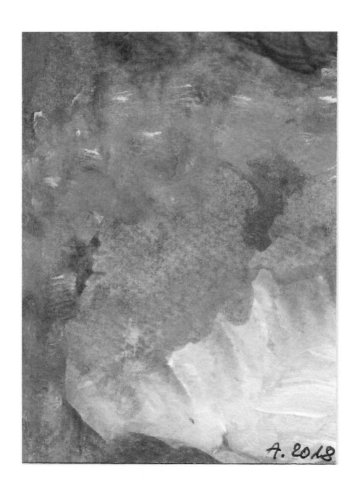

Jeder ist in dem Maße unglücklich

als er es zu sein glaubt.

Seneca

Danke doch lieber für das,

was du bekommen hast.

Auf das andere warte

und freue dich,

dass du noch nicht alles hast.

Seneca

Die Natur macht nichts vergeblich.

Aristoteles

Suche die Einfachheit in allen Dingen.

Seneca

Die Weisheit

besteht im Ausschalten

der unwesentlichen Dinge.

aus China

Worüber willst du dich sorgen ?

Über den Tod ?

Wer lebt denn ewig ?

Oder darüber, dass dein Fuß

auf der Erde gestrauchelt ist ?

Es gibt keinen Menschen,

der nie gestrauchelt ist.

Schemuel Ha-Nagid

Das Sinken geschieht

um des Steigens willen.

Buch Sohar

Naht der Tod,

so ist des Menschen Wort ohne

Falsch.

Konfuzius

Wie du beim Sterben

gelebt zu haben wünschest,

so solltest du schon jetzt leben.

Marc Aurel

Den Menschen

Freude machen macht froh.

Petra-Alexa Prantl

Hüte dich, gegen Unmenschen

ebenso gesinnt zu sein wie diese

gegen Mitmenschen

gesinnt zu sein pflegen.

Marc Aurel

Wo immer es einen Menschen

gibt, besteht die Möglichkeit

einer Freundlichkeit.

Seneca

So groß dein Unglück auch sein mag,

übe dich in Demut und bedenke,

es gibt auf unserem Planeten

Milliarden von Menschen,

die mehr leiden als du.

Petra-Alexa Prantl

Aus der Demokratie
entwickelt sich, wenn Freiheit
im Übermaß bewilligt wird,
die Tyrannei.

Platon

Die Haltung,
die jeder gegen sich selbst
zeigt, sollte er auch dem
Freund gegenüber zeigen.

Cicero

Die Wirkung der Weisheit ist

eine in sich gleich bleibende Freude.

Seneca

Der Geist ist alles.

Was du denkst, das wirst du.

Buddha

Je mehr wir in uns aufnehmen,

umso größer wird unser

geistiges Fassungsvermögen.

Seneca

Viel Denken, nicht viel Wissen

ist zu pflegen.

Demokrit

Nicht ist die Philosophie

ein volkstümliches Handwerk,

noch zur Schaustellung geschaffen:

Nicht dazu dient sie, in einer Art von

Zerstreuung den Tag zu verbringen,

der Muße den Überdruss zu nehmen.

Die Seele

gestaltet und formt sie,

das Leben ordnet sie,

Handlungen lenkt sie,

nötiges Tun und Lassen zeigt sie.

Sie sitzt am Steuer und durch die

Gefahren des Wogenschwalls

lenkt sie den Kurs.

Ohne sie kann niemand

furchtlos leben, niemand sorgenfrei.

Seneca

Wenn man Geduld zeigt,

ist in der Liebe

jedes Leid leicht zu tragen.

Properz

Fordere viel von dir selbst

und erwarte wenig von den anderen.

Konfuzius

Unglück, Leid, Schmerz

und Verlust haben

ihre Daseinsberechtigung

in unserem Leben.

Petra-Alexa Prantl

Das höchste Gut

ist die Harmonie

der Seele mit sich selbst.

Seneca

Stärke und Schönheit

sind die Vorzüge der Jugend,

des Alters Blüte aber ist die

Besonnenheit.

Demokrit

Genügsamkeit

ist natürlicher Reichtum.

Sokrates

Was das Gesetz nicht verbietet,

verbietet der Anstand.

Seneca

Nur die Ruhe ist heiter,

die uns die Vernunft schenkt.

Seneca

Die größte Offenbarung ist die Stille.

Laotse

Die Gegensätze heben sich auf

in der Einheit.

Sie bestehen in der

Verschiedenheit,

wodurch sie vergehen.

Jenseits von

Bestehen und Vergehen

kehren sie zurück,

aufgehoben in der Einheit.

Chuangtse

Ton knetend formt man Gefäße.

Doch erst ihr Hohlraum,

das Nichts,

ermöglicht die Füllung.

Das Sichtbare, das Seiende,

gibt dem Werk die Form.

Das Unsichtbare,

das Nichts,

gibt ihm Wesen und Sinn.

Laotse

Es gibt keinen Weg

zum Glück.

Glücklich sein ist der Weg.

Buddha

Wer dankbar ist,

der ist auch glücklich.

Petra-Alexa Prantl

Wenn das einzige Gebet,

das du im Leben sprichst,

„DANKE" heißt,

das wäre genug.

Meister Eckhart

Nachwort

Geborgen in der Ewigkeit

als Teil des großen Ganzen

ist jeder von uns mehr

getragen und mehr geführt

als er es je weiß oder merkt.

Petra-Alexa Prantl

Literaturverzeichnis

Apelt Otto und Seneca

Das große Buch vom glücklichen Leben

Gesammelte Werke, Leipzig 1937

Chuangtse

Reden und Gleichnisse des Tschuang Tse

Tschuang Zhou, Erlenbach-Zürich 1920

Cicero M.T. / G.G.Uebelen

Drei Bücher über die Pflichten

De officiis, übers. v. G.G. Uebelen, Stuttgart 1834

Cicero Marcus Tullius

Philosophische Schriften

De finibus bonorum et malorum, Leipzig 1891

Faselius August

Sprichwörter des alten Rom

Lat./Dt. Wiesbaden 1859

Forbiger Albert

Ausgewählte Schriften des Philosophen

Lucius Aennaeus Seneca, 4 Bände

Stuttgart 1866-1867

Konfuzius

Die 5 Klassiker

Wikisource, San Francisco

Laotse

Tao te king, Übersetzung Richard Wilhelm

Leipzig 1923

Reche Johann Wilhelm

Marc Aurel Antonius, Unterhaltungen mit

sich selbst, Frankfurt 1797

Schurig Arthur

Tagore. Seine Persönlichkeit. Seine Werke.

Seine Weltanschauung. Dresden 1921

Seneca Lucius Aennaeus

Philosophische Schriften, Dialoge, Leipzig 1923

Seneca Lucius Aennaeus

Philosophische Schriften, Briefe an Lucilius

Leipzig 1924